La Poesía...

es una brisa de emociones que acaricia

con sutileza las almas. Es como el roce de

los pétalos de una flor.

Ivi de Gloria

Regreso a ti
Emociones en versos sin molde

ISBN ISBN 979-8-9907324-0-7

Regreso a ti

Emociones en versos sin molde

Ivi de Gloria

Agradecimientos

Quiero expresar mi más profundo agradecimiento a Rubén Oliveras por haber realizado la primera lectura de mis poemas. Sus observaciones y comentarios fueron fundamentales para depurar mi trabajo. Asimismo, agradezco a Nilsa I. Rivera Quintero por haber revisado el borrador del poemario y por sus valiosos comentarios. Creo firmemente que al brindar nuestro tiempo a los demás les ofrecemos un regalo invaluable.

No puedo dejar de mencionar mi gratitud hacia Ricardo E. Martínez Camacho, cuyas ilustraciones dieron vida a las ideas que revoloteaban en mi mente, así como por la maquetación del poemario y la hermosa portada. Agradezco a la editora, Yolanda Gómez Maldonado, por sus comentarios y cuidadosa corrección.

Además, quiero dar las gracias de antemano a todos aquellos que amablemente colaborarán, y los que abrirán las puertas para que el poemario sea presentado a los lectores y amigos. Sin embargo, mi mayor agradecimiento va dirigido a los lectores. Estoy emocionada por saludarlos y compartir con todos ellos.

Sobre mí

Hoy paso revista sobre mi vida y fijo con determinación en mi recuerdo los momentos felices. Doy la bienvenida a la madurez. Me vacuno contra las arrugas con proyectos nuevos, y cruzo los dedos para que su efecto sea prolongado. Ya estoy lista para, sin remordimiento alguno, saborear comidas ricas. Que sea: «A vivir», la respuesta a «¿A qué te dedicas?» No le temo a la repetición, y evito la falta de claridad.

Hoy *Regreso a ti* (pág. 11) y dejo que la palabra fluya de mí *Como yegua libre* (pág. 34). Que ser *Chiquitina* (pág. 20) no sea disuasivo mental para pronunciarme y ser notada. Hoy le huyo a la ambivalencia de estar *Entre un sí y un no* (pág. 21). Reconozco con *Gloria* (pág. 13) la fortuna de mis amores. Sufro con resignación por los *Poemas descartados* (pág. 9-10); *Semilla* (pág. 32) de mis musas.

Hoy *Te bendigo* (pág. 14) y me bendigo. Lo único que *Temo* (pág. 38) es olvidar. Por eso, por si acaso, *Yo* (pág. 12) me aferro a los recuerdos felices.

He aprendido que el *Tiempo* (pág. 31) es un bien incomprendido, muchas veces desperdiciado. Que los *Antecedentes* (pág. 19) llevan a los prejuicios donde no existe la posibilidad de justicia. Que el amor es *Asombroso* (pág. 37): un *Idilio* (pág. 30) que no puede limitarse a las buenas intenciones.

Sé que *De lejos y de cerca* (pág. 26-27) la bondad es hermosa, porque su resolución nunca pierde pixeles. *La risa* (pág. 16) es una de mis metas a corto y a largo plazo.

Además, te comparto, que cuando escucho por la ventana *El canto de la loca* (pág. 22-24), me hago más consciente de la realidad y, lo que ella dice me lleva a estar alerta ante la oferta de *Licitadores* (pág. 25). *Me enamora* (pág. 28-29) la *Luz divina* (pág. 15) de un amanecer.

Me gusta bailar y *A mí me gusta la bomba* (pág. 17-18), porque expresarse libremente es un privilegio de pocos. *Ni a tiros* (pág. 33) renunciaría a mi derecho de así hacerlo. Hoy como *Señora media* (pág. 36) *Domino* (pág. 35) mis miedos, y he decidido que es *Tiempo para ser feliz* (pág. 39-40).

¡Los tiré, los arrojé!

porque me dio vergüenza,

porque los desprecié.

Los versos del alma mía,

ya no podrán hablar por mí.

Nunca más, con indiscreta voz

echarán al aire mis sentires.

No se regodearán en mis pesares,

ni contarán mis más íntimos deseos.

Nunca más se llenarán la boca

hablando de mis debilidades.

¡Porque quieren exponerte, alma mía, te protejo!

Nadie tiene derecho a desnudarte.

Tú estás bien guardada en el interior de mi ser.

Ni siquiera permitiré que mis ojos lloren.

Ellos también son delatores.

Estaré inexpresiva, en silencio.

¡Oh alma mía fuerte eres!

Te consolarán las reflexiones.

Te acompañarán las remembranzas

de tiempos alegres. Ellas te harán sonreír.

¡Sigue adelante! ¡No te detengas!

Feliz siempre como tú has de ser.

Porque tu camino está señalado por ¡la libertad!

Regreso a ti

He regresado a ti.

Tú me recibes, me envuelves en un abrazo. Me besas.

Nunca debí alejarme. Juntas somos una.

Estamos dulcemente amarradas; yo en ti

fluyo libremente, floto, exploto y me repliego.

Es maravilloso no tener límites.

Contigo es posible eso y más.

Veo colores nuevos, difíciles de describir,

no están en el arcoíris. ¡Son tantos y tan bellos!

Amada mía alegras mi existir, porque me lo das todo.

En ti también encuentro consuelo.

Cabalgas por cada uno de mis pensamientos.

A veces al trote, otras con cadencioso paso fino.

Tú me das vida y yo te doy cuerpo.

Tú me das aliento y yo te doy forma.

Nunca debí alejarme, perdona mi desdén, te lo ruego.

No me guardes rencor, ahora estoy aquí.

Yo

Te quiero porque sí, porque eres tú.

A punto de odiarte estuve, pero no puedo.

Solo tú lloras con mis ojos, solo tú te das

a mí cada día, sin remilgos ni absurdos requisitos.

Intento conocerte mejor. Intento amarte más.

Intento corregirte y mantenerte a salvo.

No siempre puedo, pero trato. ¡Sí que trato!

No te vayas de mí. Quédate conmigo hasta el fin

de mis días… ¡te lo ruego!

No permitas mi olvido en tu memoria; solo contigo cuento.

Soy de ti y tú eres mía; y mientras así sea, nada temo.

Gloria

Nunca quiero abandonarte. ¿Por qué lo haría

si me meso plácidamente en tus tibias aguas?

Tú me das todo lo que quiero y más.

Me regalas tus latires y tu arrullo porque

soy tu consentida.

Entonces, ¿por qué me echas fuera?

No me importa el mundo, solo tú importas.

Tu perfecto amor en todos sus extremos.

Solo quiero vivir contigo si es que vives o

morirme contigo en el intento.

¿Cómo fluiría mi sangre si me arrancas de ti?

Tú, viéndome en mi congoja. Conmovida ante

mis dudas y pesares. Decidida a soltarme me

empujaste y me diste a la vida para vivirla, y así,

más darme.

Te bendigo

¡Te bendigo, te bendigo, te bendigo!,

escultor continuado de mi carácter.

¡Te bendigo, te bendigo, te bendigo!,

y a la tierra pido que bese tus pasos.

No lo hago yo porque estoy adelante

para poder besarlos y caminarte

y desandar no puedo lo que he avanzado.

¡Te bendigo, te bendigo, te bendigo!

Pues a la niña de la mano llevaste,

también al vuelo a la mujer lanzaste,

volando tú con ella un largo tramo

enseñándole todo en sus andares.

¡Te bendigo, te bendigo y te bendigo!

Contigo estoy en paz, aunque de ti me he ido.

¡Dulce pasado, hoy soy gracias a ti,

por eso te recuerdo y te bendigo!

Luz divina

Dar sin pensar por qué

como un árbol de frutos

como una semilla en brote

porque es natural, solo por dar.

Acción transformadora de lo bueno.

Materia prima del paraíso.

El dadivoso nunca esconde lo mejor para sí,

porque es su forma de expresar amor.

Dando multiplicamos, sumamos y crecemos.

Dar, dar, dar, bendición de los afortunados,

porque tienen. Acto sublime de luz divina.

La risa

Cascabel festivo.

Sonido desahogado de la alegría.

Espárcete como un virus.

Muta y métete en cada rincón del mundo.

Llena de música todas las razas.

Quédate en el recuerdo de los momentos

sin evidencias gráficas.

Vive la realidad.

Disfruta, simplemente, disfruta.

A mí me gusta la bomba

A mí me gusta la bomba. Ese ritmo de tambores que se te
mete por dentro y te pone a moverte como lo sientes,
¡tun cu tun pa, tun cu tun pa!
No sé si tanto sabor impacte igual por otros lares, pero por
acá en el Caribe, a nosotros los de sangre criolla, nos gusta el sabor.
Y me tomé la licencia de decirlo en plural. ¡Qué se chave!
¿A qué se lo adjudico? A ciencia cierta no lo sé. No soy ni
antropóloga ni historiadora, y no he comprado el cien por
ciento de ninguna explicación. En mi caso... por dónde viene
la raíz de negra no lo sé. Tal vez por mi abuelo, o por mi
abuela, sus padres o ninguno de ellos, pero lo que yo sé es
que a mí me gusta la bomba.
Se dice que fue expresión de fiestones que hacían los negros
esclavos en el batey, en esas afortunadas temporadas en que
se lo permitían. Los negros y las negras, se sumergían,
navegaban en el copioso sudor provocado por sus
apasionados bailes.
Imagino que en el origen no había mucha tela pa' batir y «pedir golpe».

¡Qué diache de tela iba a haber, si estaban semidesnudos y vestidos con harapos! A lo mejor «el golpe» se pedía bamboleando los melones en vez de las faldas. ¡Ja,ja, ja! Me río porque me imagino la escena; y yo tan «firifiri» que les digo: «Quédense ahí, quietecitas». Y las pobres me hacen caso. Coarto su libertad de expresión. ¡Es que estamos llenos de inhibiciones, ¡coño! que no nos soltamos ni el corpiño!

La próxima vez que estén tocando tambores, me voy a zumbar, a bailar como me salga, que no lo voy a dejar pasar. Voy a «pedir golpe» con los pies, con los brazos, con la cabeza, con los dedos. ¡Pa'l sirete la falda, que a lo mejor ese día tengo pantalones!

¿Dónde están?

No veo los chocolates.

No hay.

No me dejó ni uno.

Al rato…

abro el congelador.

¿Quién los puso ahí?

Chiquitina

Chiquitina de melaza y sal,

preciosa te han llamado.

Tu fértil vientre ha plagado de

hijos talentosos, sabios y laboriosos

tu casa y la de otros.

¡Tú, punto luminoso en el inmenso mar

que cantando reclama su inhibida existencia!

Tu rítmico cantar arropa al mundo, y este,

con contorsiones cachondas expresa su sentir,

liberado de dogmas, de cadenas, de contención

que explota para hacerse sentir, bailando

desenfrenada e irreverentemente.

Entre un sí y un no

¿Qué me dicen tus manos al hablar?

Elogiarán mi paseo distraído o

rechazarán mis pasos por pesados.

¿Qué me dicen tus piernas al cruzarse?

Han echado un candado a tus caminos

o hacen silla donde pueda sentarme.

¿Qué me dice el iris de tus ojos?

¡Con fiesta te recibo! Deléitame con tus

bailes sensuales y de amor dame un poco… o

¡aléjate que no quiero mirarte!

El canto de la loca

«Vuela alto, vuela, vuela ave de hermoso plumaje,

mañana volveré a verte, aunque tú no lo reclames».

Mañana, mañanita, ahí va Ana a sentarse en el banco de la plaza para

conversar con las palomas y arrojarles granos de arroz. Después que

riegue ese paquete completo por el piso, apuesto a que se pone a

cantar, a bailar y a reírse mirando al cielo mientras las palomas

revolotean. Todos los días es lo mismo. La verdad es una estampa bien

local, si no es Juan es Pedro, siempre alguien está con el julepe de las

palomas. Por lo menos ella está bien loca, los demás no tienen excusa,

porque ahí lo dice bien clarito: «No alimente a las palomas» ¡Coño!

El señor que limpia la plaza es el que ya «está por el techo» con la

«chavienda» diaria de Ana, cada vez que está acabando su trabajo. Los

otros días le oí decir: «¡Qué jodía manía de llenarle el buche a las aves

para que pinten de mierda todo! ¡La verdad que aquí hay que joderse!».

Eso sí que con todo lo que le molesta la costumbre de Ana, ese hombre

malhumorado, es el único que en cinco años se dignó a referir a la pobre

loca a las autoridades para que la ayudaran. ¿Habrá sido para ayudarla

o para quitársela de encima? ¡Yo siempre tan mal pensada! Hablando y

hablando, pero no he hecho nada por ella.

Me he dedicado a mirar desde aquí, taza de café en mano. ¡No es fácil ayudar a un loco solo, «pela'o» y sin hogar ni familia! No tienen lugar en la sociedad. Son deambulantes por partida doble, cuerpo y mente. Fíjate, cuando un loco se ve como loco es comprensible al cuerdo lo que hace, pero ¡qué mucho loco hay de camuflaje, a esos les tengo miedo! Yo pienso que Ana, en realidad, no es tan loca na'. De que tiene sus cosas, las tiene, pero quién no. Ahora como te digo una cosa, te digo la otra, Ana, es una loca bien informada. Todos los días lee el periódico y se «tripea» todo lo que sale, un día me dijo: «No, ese tesorero no es corrupto, los chavos que faltan son debido a que no pudo hacer el depósito de efectivo en la cuenta. Los demás no lo saben, pero yo sí, se le metió un chivo a la oficina y se comió los billetes. Es por lo que deben eliminarse las transacciones en efectivo, los chivos son peligrosos», y después se tiró una de sus risitas. Yo le respondí tratando de seguir con el chiste, «ahora entiendo el porqué del proyecto de ley para eliminar las transacciones en efectivo». ¿Y sabes lo que me dijo, la dizque loca? «Muchacha, eso no sirve de nada si a los sistemas los atacan los viruses y esos comen más que los chivos». Después me dijo adiós con la mano y se puso a cantar.

«Cantemos unidos, un himno al alma mater, cantemos con fuerza, el himno de la vida, que anuncia juventud, amor y libertad, de gloria al luchador, honra de la universidad.»[1]

1 Versos del himno de la Universidad de Puerto Rico

Advertencia:

No se regala.

De la más alta calidad.

Garantizado de por vida.

Cogollo de latidos rítmicos

deseoso de amar.

De lejos y de cerca

Prefiero mirar de lejos.

Se aprecian mejor las formas:

la dimensión del conjunto,

la magia del universo.

Es más claro, más perfecto,

todo libre de defectos.

¿Para qué primera fila? Si yo no

estoy de inspección.

¿Para qué inmiscuir las pupilas

en tanto detalle superfluo?

Uso yo mi propio filtro, por eso miro de lejos.

Cuando hablo de lo externo a mí me basta con eso.

A veces miro de cerca... lo que se me hace importante.

Las intenciones, las palabras, las miradas y los gestos.

Yo miro los ademanes, los haceres, los silencios.

Porque es que, para mí, lo trascendente está en eso.

Es que mi pequeña mente mucho ha aprendido con ello.

Así halla su verdad. Si lo que encuentra le duele, por distinto,

por ajeno, por nuevo, por lo que sea, por no estar lista

para eso; lo acepta como real: por ser, no por malo o bueno.

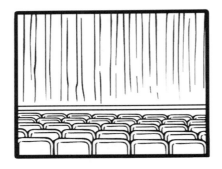

Me enamora

Me enamora el olor a mandarina, a limón, a pimienta, a vainilla,

a canela, a azúcar morena, a chocolate, a café, y a sal marina.

Me enamora la tibieza de la brisa caribeña, el susurro del viento

en la montaña que como canción de cuna es para mí.

Me enamora la caricia en mis recuerdos de tantos momentos perfectos.

Me enamora la magia de la risa del agua cuando llueve en las mañanas.

Me enamora el destello de la luz del alba que le ha devuelto a mi

cuerpo la cadencia de los días.

Me enamora el reflejo del sol del oeste cuando se pone sobre las

cristalinas aguas del mar mientras me deleito en las notas de una

hermosa canción.

Me enamora la luna y me lleva a inventar cuentos de aventuras

por las mil y una noches que aún no han pasado.

Me enamora el titilar de las estrellas, porque llenan mis ojos de

destellos felices.

Me enamora la dulzura de tu voz.

Me enamora tu mirada profunda y bondadosa,

cuando lleno de amor me miras.

Me enamora el refugio de tu abrazo.

Me enamora la fiesta de tu compañía.

Me enamora la libre elección del amor.

¡Tú me enamoras!

Idilio

Amor,

        Lengua suelta

Amor,

    Actos

          Amor,

            Palabras

    Amor,

      Lisonjas

          Amor,

            Estar

      Actos, actos, actos

Tiempo

¿Intensa? Sí.

Porque el tiempo siempre ha sido y será.

Nunca pidió permiso para pasar.

Se cree dueño del mundo y de mi vida.

¡Se equivoca!

Haré todo lo que me plazca

como si él no existiera.

Yo me río, en él me monto, lo galopo,

lo domo, lo tuerzo, lo exprimo, me lo bebo,

y a manos llenas lo ofrendo como muestra de amor.

Semilla

Semilla y flor, flor y semilla,

hermosura que nace, crece y termina.

A la tierra quiere volver porque

nunca cesa de dar.

Es que darse en amores vida germina.

¡Bendito quien la semilla tira y a la

tierra devuelve nuevamente la vida!

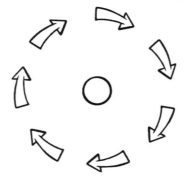

Grité.

¡No! ¡No! Dije ¡No!

Enferma estoy de tus deseos.

Retorcida por la costumbre incierta.

Solo «sí» es sí.

Como yegua libre

Escapas de mí, sonrisa indiscreta.

Te dejas ver por la libre.

Descaradamente enseñas tus sentires.

Nunca le has temido al qué dirán.

No sabes de frenos, por eso vas

desbocada como si la vida se te fuera.

Suelta, como yegua libre en el baile

insinuante del apareo salvaje.

Domino

Cuando no te conocía yo era diferente

nada me detenía, iba abriendo mi camino,

adelante, siempre adelante.

Desafortunada realidad, tenías que aparecer,

para reclamar algo distinto cada vez que

tus caprichos se imponen. ¡Espantajo de rostro indefinido!

Sin forma te reflejas en mis ojos.

Yo, por estúpida, dejo que me contamines, y tú sin misericordia

me pones el pie encima y me pisas; me pisas como si no

valiera nada. No te importan mis quejidos, ni

mis males, tu meta siempre es ponerme coto.

De niña jamás noté que era posible sucumbir

a tanta vileza. Nací libre, nací feliz, nací impetuosa,

nací espontánea. ¡Qué me has hecho demonio de siete cabezas!

Aléjate de mí, déjame ser, no limites más a mi valiente corazón.

Domie, Domie, Domie.

Señora media

Tu olor todavía está en la casa,

y yo te busco.

Me miro en el espejo para hallar

tu reflejo como si dentro de mí estuvieras.

No te veo. No puedo verte.

Entonces, ¿por qué sigues en mi mente?

Debo aceptarlo, es que ahora solo estás ahí.

Me desdoblo y me doblo en un

intento de que salgas de mí,

no para arrojarte, incapaz sería de hacer tal cosa.

Yo… solo quiero abrazarte.

¡Oh Divina providencia, devuélveme la risa,

devuélveme las ganas de vivir!

¡No prolongues su ausencia, no quiero estar así!

Es momento de llorar y lloraré hasta que no me

queden más lágrimas. Cuando ya no haya más,

mi alma se calmará y yo te bendeciré.

Asombroso

Asombroso, glorioso, diverso: así es todo lo vivo.

Cómo descubrir todos sus misterios.

Cómo ver lo minúsculo y entender lo que no se ve.

Un continuo aprendizaje es la vida y nosotros vamos por ella.

En ocasiones; a paso firme, ascendiendo sin titubeos.

En otras; lentos, cayendo… en el retroceso de un pozo sin fondo.

Voy en caída, voy en caída, pero me aferro al viento. Estoy planeando.

Voy en caída, pero estoy viva…

¡Tun tún, tun tún, tun tún! ¡Bombea, bombea, corazón!

No quiero que te canses todavía, porque mis ojos curiosos y miopes

casi no han visto nada.

¡Tun tún, tun tún, tun tún! ¡Bombea, bombea, corazón! Me faltan

muchas melodías por escuchar.

¡Tun tún, tun tún, tun tún! ¡Bombea, bombea, corazón! Me faltan

tantos sabores por degustar.

¡Tun tún, tun tún, tun tún! ¡Bombea, bombea, corazón! Me faltan

infinitas caricias por dar.

Temo

Temo tu cercanía.

No vaya a ser que notes

mi aliento de anhelo de caricias.

Te esquivo la mirada por cobarde,

por insegura, por débil.

Yo luchando con mi cuerpo

y él derramándose en amores.

Yo, resguardando lo que libre nació.

Yo, ahogando todo mi ser,

y mi cuerpo muere por un respiro.

Señales nos han sido dadas para reconocerte.

La constante evolución se monta en tus rieles

transitando por un camino infinito hacia el futuro,

siempre hacia el futuro.

Todo a nuestro alrededor grita tu presencia, pero

seguimos sin entender. Seguimos sin aprovechar tu estar.

Eres tan natural, tan evidente y tan abstracto.

¿Cuánto es poco, cuánto es demasiado? Todo depende del hacer.

Al pasar puedes dejar fatiga, euforia, satisfacción, alegría, cansancio,

ansiedad, sosiego, hambre, saciedad, heridas, sanación, sabiduría, o

rebeldía.

Ofrenda maravillosa eres porque al cubierto por un traje de huesos,

carne y piel, nada le vale más que tú, solo la vida.

Nada te supera, nadie te domina, nadie te retiene, nadie puede

vencerte, nadie puede desviarte. Eres implacable, ¿quién contra ti?

Tú siempre y en ti mismo, sin principio ni fin.

¿Existes en el pasado...? Sí, existes. Ahí estás en todo lo vivo y lo

muerto. ¿Existes en el futuro..? Sí. Existes en la vida y existes en la

muerte.

Entonces, ¿existes en el presente? Sí, ahí también estás. Puedo notar tu paso cuando quieta, en silencio y en contemplación te disfruto. Ese espacio maravilloso del presente cuando me hago consciente y procuro disfrutar la bendición innegable de ser y de estar. Ese espacio donde tengo la oportunidad de deslizarme en el fluir de tu infinita inmensidad y por eso, solo por eso, ser feliz.

Conocí a un agricultor. Mucho podía aprenderse de ese hombre valeroso y curtido por el sol. Acaricio el recuerdo de sus manos grandes, de surcos profundos y callos prominentes, repletas de manchas, manos proveedoras de delicias. Todas las líneas de su mano, tapadas de tierra y, todas ellas destinadas a la providencia de vida.

Ese hombre, siempre se levantaba al alba. Uno de sus «dícheres» más frecuentes era: «Al que madruga Dios le ayuda». Tenía cuerpo de roca y corazón de niño. Como todo lo natural, simplemente era; no se había dado cuenta de su grandeza. Él era capaz de producir de todo, y conseguía que cada uno de nosotros lográramos crecer. A mí él me cuidó, me alimentó, y jamás permitió que mal alguno me alcanzara.

De ese hombre excepcional aprendí la obligación inherente a la vida de ser útil, de proveer, de dar.

El Caribe y yo, estaremos unidos siempre, sin importar a qué otros puertos arribe. En mí como en las conchas de caracoles, se adivinan: la arena, el mar, la brisa cálida, las olas y los cocoteros. Siempre será así porque soy lo que soy, y mi memoria genética ha preservado mi instinto en perfecto estado.

Cuando surgí al mundo, al verme, a muchos no le agradó mi aspecto, así que me tocó acatar el primer veredicto en mi existir. Decidieron que asustaba, que era feo, digno de un personaje que horrorizara a los niños. Solo veían una cabeza dura con aspecto extraño que no servía para nada, porque la imaginaban llena de paja. Hasta el nombre me cambiaron y me llamaron «Cuco». Afortunadamente la diversidad está presente en todo y muy especialmente en las opiniones y los gustos.

A veces servimos para muchas cosas. ¡No me puedo quejar!

Ni los prejuicios, ni las etiquetas han determinado mi camino.

Soy sordo e insistente, por lo que mi desarrollo y misión continuó a paso firme a pesar de los pesares.

¿Cómo sucedió que muchos lograran ampliar su perspectiva sobre mis posibilidades en este mundo? Les contaré: una vez conocí a una señora abrumada por la falta de tiempo y el exceso de trabajo. Todo lo hacía pensando en su hijo; vivía para él y por él. En su mundo solo existían ella y su hijo. Todo su esfuerzo se concentraba en proporcionarle bienestar y amor.

Al finalizar cada día estaba exhausta, pero aun así solía leerle cuentos para que se quedara dormido. Al niño le encantaban las historias, por lo que pedía otra, otra y otra para así dar rienda suelta al maravilloso mundo de la fantasía en el que él coexistía como protagonista. Era muy intenso, sin embargo, un niño, es un niño. Es por ello, que, está lleno de energía vital, porque le queda mucho tiempo por delante.

La madre, abrumada por tanto esfuerzo, comenzó a advertirle al niño que si no se dormía rápido no habría un nuevo día para él, porque yo me lo comería. ¡Imaginen semejante disparate! ¿Cómo podría comérmelo si jamás quito, yo siempre me doy. Aclaro que la señora solo repetía lo que tantas veces había escuchado, sin reflexionar en lo que decía, pero para el niño las palabras de su madre eran principio inquebrantable, certeza indiscutible.

Y fue así, que de tanto decirle su madre que yo me lo comería, su hijo enfermó. En lugar de que el niño se durmiera pronto y tuviera sueños prolongados, ocurrió todo lo contrario: casi todas las noches se despertaba con terribles pesadillas. Poco después sus ojitos se rodearon de grises ojeras y dejó de comer.

Eran tiempos difíciles, muchos artículos escaseaban. Los hombres se habían enfrascado en una disputa de proporciones mundiales que alteró el bienestar de todos y ocasionó muchas muertes. ¡Es ridículo que pudiendo dialogar, los hombres, no sean capaces de llegar a acuerdos!

No había suero disponible en el mercado, pero la madre del niño oyó decir que «mi agua» tenía muchos minerales y sales necesarias para el cuerpo, casi como un suero.

De inmediato comenzó a mojar los labios de su hijo con «mi agua» hasta lograr que la tomara toda. Repitió ese remedio día por día. Y así fue como el pequeño se curó. Su madre volvió a ser una mujer feliz, que no cesaba de agradecer al cielo por la continua algarabía de su amado querubín. Se complacía en escuchar su risa y en seguirle la pista a todas sus travesuras de sol a sol. Jamás olvidaré a esa madre, mucho menos al niño, la primera vida que nutrí.

Un día en el mercado de frutos, la señora conoció al agricultor, a aquel que yo conocía bien. Se declaró fanática del coco. El agricultor, con alegría y total desprendimiento, estuvo conversando con la señora, explicándole cómo todo lo que yo tenía para ofrecer era bueno, saludable y útil. Para ese entonces, la señora ya había aprendido a confeccionar deliciosos platos en los que mis pares eran figuras estelares. ¡Por el momento yo me había salvado! No había sido parte de ninguno de aquellos suculentos manjares, aunque ya me había «'escocota'o».

Cinco décadas han pasado desde que vine a este mundo y me siento tan productivo todavía. Vivo orgulloso de ser uno de los frutos del «árbol de la vida». He madurado y aún estoy cerca de la costa. A punto está de germinar mi semilla. Ansío que una ola me dé la oportunidad de navegar mar adentro, y que, en otros lares, yo, como aquel agricultor, -a quien no le llego ni a los tobillos-, con suerte y para beneficio de otros, consiga que brote un nuevo «árbol de la vida» en tierras áridas.

Indice

Otras obras de la autora

Cuentos cortos para alegrar el alma:

El primer trabajo de Ivi de Gloria consiste en tres cuentos para niños. Estos relatos abordan temas importantes y difíciles de una manera comprensible para niños de seis años en adelante, aunque pueden ser disfrutados por personas de todas las edades. Cada cuento está bellamente ilustrado.

El propósito de la autora es provocar conversaciones profundas y necesarias entre adultos y niños mientras comparten y se entretienen.

Si desea conocer más sobre los cuentos, por favor, lea las siguientes tres páginas.

Luz Divina

Una indefensa y dulce niña sufre el acoso, la burla y el continuo rechazo de sus compañeros de clase. A su tierna edad tiene que hacer frente a la crueldad con que es tratada. La valentía, determinación, empatía y compasión de una estudiante son factores determinantes para que todos obtengan algo positivo de la experiencia. La bondad y la amistad prevalecen, logrando que Luz Divina resplandezca como nunca antes.

Don Toño y la señora media

La vida apacible y alegre de la señora media es sacudida por un evento inesperado que la llena de tristeza y nostalgia.

Una nueva esperanza surge y, la señora media, aprende a ser feliz de un modo diferente gracias al ejemplo de un sabio cargado de años llamado don Toño.

«Querida, lleva la vida lo mejor que puedas, porque los años siempre te alcanzan». don Toño

El asombroso René

René vivía en un lugar exuberante y hermoso, lleno de retos y de caminos a escoger.

Sus experiencias fueron puliendo su carácter y llevándolo a superar obstáculos. René desarrolla un espíritu firme e inquebrantable que lo ayudará a vivir la vida al máximo siendo quien realmente es.

SOBRE LA ESCRITORA

Ivi de Gloria nació un 28 de febrero en Ciales, un pueblo del centro de la isla grande del archipiélago de Puerto Rico. Su formación académica se centra en ciencias, pero siempre ha mantenido una pasión por la escritura.

Regreso a ti es el cuarto proyecto literario de Ivi, quien también ha incursionado en la escritura de cuentos para niños. Su primera obra se titula *Luz Divina*, seguida por *Don Toño y la señora media* como su segunda producción, y *El asombroso René* como su tercera creación literaria.

Made in the USA
Columbia, SC
14 October 2024

43539951R00033